글 김현태

광고회사 제일기획에서 카피라이터로 일했어요. 한국일보 신춘문예 희곡 「행복한 선인장」이 당선이 된 후, 본격적으로 작가의 길을 가고 있죠. 어린이책 「제주도가 지도에서 사라졌다」, 「북극곰에게 냉장고를 보내야겠어」, 「걱정 돌멩이」, 「어마어마한 고구마 방귀」, 「어마어마한 오줌 풍선」, 「어린이를 위한 시크릿」, 「오떡순 유튜버」, 「엄마가 사랑하는 책벌레」, 「인터넷 사진 조작 사건」 등이 많은 사랑을 받았고, 오늘도 상상력의 바다에서 톡톡 튀는 동화를 낚으려고 여전히 고군분투하고 있답니다.

hyuntae21@hanmail.net

그림 구광서

광고회사 제일기획에서 아트디렉터로 일했어요. 런던광고제와 대한민국광고제에서 광고상을 수상했으며 현재는 (주)세렝게티커뮤니케이션즈 대표이자, 디자인브랜드 CREKOO 총괄 디자이너로 일하고 있답니다. 그린 책으로는 「걱정 돌멩이」, 「코딱지 팔래?」, 「눈물은 쇄골뼈에 넣어둬」 등이 있습니다.

마음 근육을 키워 주는 소중한 말

단단한 마음, 당당한 표현

초판 1쇄 발행 2025년 3월 20일

글 김현태
그림 구광서
펴냄 박진영
디자인 새와나무
펴낸곳 머스트비

등록 2012년 9월 6일 제406-2012-000154호
주소 경기도 파주시 심학산로 12 303호
전화 031-902-0091
팩스 031-902-0920
이메일 mustb0091@naver.com

ISBN 979-11-6034-242-0 73810

품명: 단단한 마음 당당한 표현 | **제조자명:** 머스트비 | **주소:** 경기도 파주시 심학산로 12 303호
연락처: 031-902-0091 | **제조년월:** 2025년 3월 | **제조국:** 대한민국 | **사용연령:** 8세 이상
취급상 주의사항 | 종이에 베이지 않도록 주의하세요. 책의 모서리가 날카로우니 던지거나 떨어뜨려 다치지 않도록 주의하세요.
KC마크는 이 제품이 공통안전기준에 적합하였음을 의미합니다.

 마음 근육을 키워 주는 소중한 말

단단한 마음 당당한 표현

글 김현태
그림 구광서

머스트비

차례

당당한 표현
머뭇거리지 말고 너의 마음을 말해!

어린이라고 해서 왜 힘든 날이 없을까요.
갑자기 뜻하지 않는 불행이 찾아올 수도 있고
친구와의 우정 때문에 깊은 고민에 빠질 수도 있어요.
그런 어려운 날이 닥쳤을 때 우리에게 필요한 건 뭘까요?
바로 긍정과 자신감 그리고 지혜입니다.

이 책은 자기 이해, 삶의 가치, 친구와의 관계,
가족과의 사랑 등 다양한 주제가 담겨 있어요.
물론 어린이들의 눈높이에 맞게
쉬운 문장과 따뜻한 그림으로 구성되어 있죠.

한 장 한 장 책장을 넘기다 보면
어느새 '내 안의 나'와 만나게 되고
내가 몰랐던 '새로운 나'도 만나게 될 거예요.
그 순간이 바로 내가 더 단단해지고
내가 더 당당해지는 순간이죠.

단단한 마음을 갖추고
당당한 표현을 해요.
모든 어린이가 내면의 힘을 발견하고
목표한 꿈을 향해 꾸준히 도전하고
세상 앞에 자신의 감정을 건강하고 솔직하게 표현할 수 있길 바랍니다.

동화작가 김현태

단단한 마음

괜찮아.
넌
충분히
잘 해낼 수
있어!

아주 큰 꿈을 꿀 거야

철수의 꿈은 비행사입니다.
미희의 꿈은 영화배우입니다.
민호의 꿈은 아주 유명한 유튜버입니다.
지영의 꿈은 프로게이머입니다.

파란색 꿈, 노란색 꿈, 빨간색 꿈….
모두 다 각자의 꿈 도화지에 알록달록 색을 칠해요.

그런데 나는 아직 아무런 색도 칠하지 못한 텅 빈 도화지예요.

그렇다고 실망하지 마요.
텅 비었다는 건 그만큼 채울 게 많다는 거니까요.

나만의 속도로 갈 거야

"철수는 춤을 너무 잘 춰."
"희지는 달리기가 정말 빨라."
"영호는 영어를 잘해."

남들은 앞서가는데 왜 나는 느린 걸까?
이런 걱정으로 시간을 낭비하지 마세요.
누군가는 빨리, 누군가는 느리게 나아가지요.
우리는 서로 다르니까 속도도 다 달라요.

꽃이 봄에만 피는 게 아니에요.
여름, 가을, 겨울에도 꽃이 피어요.

너무 조급해 하지 않아도 돼요.
내가 정한 목표를 향해 한 걸음씩 걸어가면 돼요.

그리고 이걸 기억하세요.
늦게 피는 꽃이 향기가 더 진하다는 사실을요.

빛나는 보석이 될 거야

물은 변화무쌍해요.
홍수가 나면 아주 빨리 흐르고
가뭄이 나면 아주 천천히 흘러요.
눈이 내리면 물은 차가워지고
햇볕이 쨍쨍 내리쬐는 여름날에는 따듯해져요.
네모난 통에 담기면 네모난 물이 되고
냉동실에 들어가면 얼음이 되죠.

빠르게 흐르고 천천히 흘러도 물은 여전히 물이에요.
차가워지거나 따듯하거나 물은 여전히 물이에요.
네모나거나 차가운 얼음이 되어도 물은 여전히 물이에요.
형태와 성분이 조금 변할 뿐 물은 여전히 물이죠.

나란 존재도 마찬가지예요.
힘든 일이 생겨 마음이 찌그러지고 뭉개진다고 해도
나는 크게 달라지지 않아요.
나란 존재는 여전하죠.

여전히 반짝반짝 빛나는 보석이라는 걸 잊지 마세요.

먼저 방향을 정할 거야

달리기 시합을 한다고 상상해 봐요.
모두 출발선에 모여서 준비를 했어요.
탕!
출발 신호가 울렸어요.
그리고 다들 열심히 뛰기 시작했어요.

그런데 뭔가 좀 이상해요.
한 친구가 앞으로 달려야 하는데
지금 거꾸로, 반대 방향으로 달리는 거예요.

열심히 달리는 것도 중요해요.
하지만 더 중요한 건 올바른 방향으로 달려야 해요. 그걸 잊지 마세요.

바로바로 움직일 거야

"아, 귀찮아."
하루 종일 '귀찮아'라는 말을 입에 달고 살 때가 있죠.

알람 소리가 들려도 "조금만 더…." 하며 이불 속에서 꼼짝하지 않기.
"어차피 또 더러워질 텐데 뭐 하러 해?" 하며 세면대를 그냥 지나치기.
"밥 먹는 게 귀찮아!" 하며 과자나 음료수로 끼니를 해결하기.
"정말로 하기 싫어." 하며 숙제를 책상 구석에 던져두기.

어떤 일을 해야 할 때 가끔은 귀찮거나 미루고 싶을 때가 있어요.
한 번이라면 괜찮지만 계속 반복되면 문제예요.

좀 귀찮더라도 바로바로 움직이세요.
지금 당장 움직여 '귀찮아 병'에서 탈출하세요.

지금 이 순간을 살 거야

한 소년이 있었어요.

그는 미래와 과거에만 집착하며 살았어요.

'나는 과연 커서 훌륭한 사람이 될까?'

미래를 생각하면 할수록 불안과 걱정이 앞섰어요.

이번에는 지나가 버린 과거를 생각했어요.
'그때 잘했으면 좋았을 텐데.'
과거를 생각하면 할수록 아쉬움과 후회만 남았어요.
소년은 미래와 과거만을 생각하다 보니
마음속엔 불안과 걱정 그리고 아쉬움과 후회로만 가득했어요.

이 소년이 행복해지는 법은 뭘까요?
그건 바로 미래나 과거가 아닌 현재를 열심히 사는 거예요.

일어나지도 않은 일로 미리 걱정할 필요도 없어요.
이미 벌어진 일로 후회만 하며 지낼 필요도 없어요.

나에게 주어진 지금 이 순간을 최선을 다해 산다면 그걸로 충분해요.

두려움을 이겨낼 거야

산 위에 아름다운 성이 있었어요.
이 성은 흔들림 없는 아주 튼튼한 성벽으로 둘러싸여 있었죠.

어느 날, 엄청 강한 바람이 불어왔어요.
한 노인이 성벽의 한구석에서 흔들리는 작은 돌을 발견했어요.
노인은 작은 돌에게 다가갔어요.
"어째서 너는 흔들리는 거니?"
"저 매서운 바람이 너무나 무서워 떨고 있어요."
노인은 작은 돌을 쓰다듬으며 말했어요.
"무서워 마. 넌 저 바람보다 강하니까."

어느 순간, 내 마음에 괴물 같은 두려움이 찾아올 때가 있을 거예요.
그때 무섭다고 무너지면 안 돼요.
내 안의 용기로 "두려움을 이길 거야!"라고 외치세요.
그러면 괴물을 저 멀리 도망갈 거예요.

두려움도 용기도 다 내 마음에서 시작된답니다.

서툴러도 한번 해 볼 거야

한 조각 이가 빠진 동그라미가 있었어요.
그 동그라미는 입술을 쭉 내밀며 늘 불평을 내뱉었어요.
"싫어. 싫어. 완벽하지 않은 내 모습이 싫어.
한 조각을 찾는다면 나는 완벽한 동그라미가 될 수 있어."
동그라미는 한 조각을 찾아 나섰어요.
몇 날 며칠을 돌아다닌 동그라미는 마침내 한 조각을 발견했어요.
"이제 저 조각만 끼우면 나는 완벽해!"
동그라미는 완벽한 동그라미가 되었고,
이제 행복하다 생각했어요.

그런데 이상하게도 동그라미는 행복하지 않았어요.
동그래졌기 때문에 매일매일 굴러야만 했어요.
개미와 만나 이야기를 나눌 시간도 없고
나무 그늘에 앉아 쉴 수도 없었어요.
꽃의 향기를 맡을 겨를도 없이 계속 굴러다녀야 했어요.

너무나 완벽하지 않아도 돼요.
조금 서툴러도 괜찮아요.

완벽함 속의 불행보다는
부족함 속의 만족이 훨씬 좋은 거예요.

스스로 선택하고 결정할 거야

우리는 매 순간마다 크고 작은 선택을 해야 해요.
짜장면을 먹을까, 짬뽕을 먹을까.
놀고 숙제할까, 숙제하고 놀까.
늦었는데 뛰어갈까 아니면 그냥 걸어갈까.

우리가 망설이는 이유는 실패와 후회 때문이죠.
실패와 후회도 결국 성장을 하는 과정이에요.

더 이상 선택을 미루지 마세요.
"나는 이걸로 결정했어!"
이렇게 자신감 넘치는 목소리로 크게 외치세요.

비교하지 않을 거야

'뱁새가 황새 따라가면 가랑이 찢어진다.'
우리나라에 이런 속담이 있어요.
뱁새는 몸집이 작고 다리가 매우 짧아요.
황새는 몸집이 커서 다리도 길지요.

누군가가 앞서 달린다고 해서
그를 따라잡으려고 무리할 필요 없어요.
뱁새는 뱁새대로, 황새는 황새대로 가는 게 중요해요.
굳이 남들과 비교하면서 괜히 지치지 말고
나 자신을 믿고 나의 걸음으로 걸어가면 돼요.

너는 너고, 나는 나인 거죠.
각자의 모습대로 다 빛날 수 있어요.

멈추지 않고 꾸준히 할 거야

처음부터 자전거를 잘 타는 아이는 없어요.
처음부터 그림을 잘 그리는 아이는 없어요.
처음부터 축구를 잘하는 아이는 없어요.

씨앗을 심었다고 해서
곧바로 꽃이 피는 건 아니에요.
태양 아래에 잠시 쉬기도 하고
물 한 모금도 마시고
바람에도 스치면서 시간을 보내야 해요.

하루 만에 모든 것이 이루어질 순 없어요.
매일 조금씩 연습하고 배워 나가야죠.

그런 시간이 점점 쌓이고 쌓이다 보면
훗날, 아름다운 꽃을 피우는 멋진 사람이 될 거예요.

마음의 주인이 될 거야

한 소년이 숲을 걸어가고 있었어요.
그런데 갑자기 팔뚝에 통증이 느껴졌어요.
아악.
팔뚝을 보니 작은 자국이 있었어요
"이게 뭐지? … 혹시 독사에 물린 건 아닐까?"
순간, 소년의 마음엔 두려움으로 가득 찼어요.

"어떻게 하지. 독이 온몸에 퍼지면 나는 곧 죽게 될 거야."
소년은 눈물을 뚝뚝 흘리며 깊은 절망에 빠졌어요.
그런데 시간이 지나도 소년은 멀쩡했어요.
상처 자국을 자세히 들여다보니 그건 독사에게 물린 게 아니라
나뭇가지에 긁힌 자국이었어요.

별것도 아닌 걸로 내 마음에 두려움을 먼저 받아들인다면
순식간에 모든 것이 다 무섭게 느껴지죠.
반면에 아무리 두렵고 곤란한 상황이 발생하더라도
'이건 아무것도 아니야. 난 해낼 수 있어.'라는 마음가짐이 있다면
그 상황을 쉽게 극복할 수 있죠.

어떤 마음의 자세를 가져야 할지 아시겠죠?

기분 좋게 하루를 시작할 거야

"아, 짜증 나."
"하기 싫어."
"다 귀찮아."

매일 눈을 떴을 때 이런 부정적인 말로 아침을 시작한다면 어떻게 될까요?
그날 하루를 망치게 되고 결국 인생까지 다 엉망이 되죠.

반면,
긍정적인 말로 하루를 시작한다면 그날 하루는 완전히 달라질 거예요.

"오늘 아침, 기분 좋게 시작하자!"
"난 아주 특별한 사람이야!"
"오늘도 내 꿈을 활짝 꽃을 피울 거야!"
"물러나지 않고 잘 해낼 거야!

분명 반짝반짝 빛나는 하루가 될 거예요.

당당한 표현

머뭇거리지 말고
너의 마음을
말해!

사랑한다고 말할 거야

어떤 아이가 꿈을 꿨어요.
엄마랑 함께 바닷가를 걸어가는 꿈.
아이는 무심코 뒤를 돌아봤어요.
네 개의 발자국이 나란히 모래 위에 남겨져 있었어요.
두 개는 아이의 발자국,
다른 두 개는 엄마의 발자국.

그런데 갑자기 아이의 다리에 문제가 생겼어요.
"아, 다리야. 다리가 아파요."
아이는 아픈 다리로 힘겹게 걸어갔어요.
그러다 아이는 또 무심코 뒤를 돌아봤어요.
두 개의 발자국만 모래 위에 남겨져 있었어요.
"어? 엄마는 어디로 간 거지?
내가 이렇게 아픈데 엄마는 어디로 사라진 거야."
그런데 아이가 그 발자국을 자세히 보니
아이의 것이 아니라 엄마의 발자국이었어요.
엄마가 아이를 업고 있었기 때문에 두 개의 발자국만 있었던 거였죠.

내가 힘들 때 가장 가까운 곳에서
나를 아끼며 지켜주는 사람은 누구일까요?
바로 엄마와 아빠랍니다.

엄마와 아빠는 우리가 태어나서 지금까지 항상
우리를 돌보며 지켜주는 특별한 사람들이에요.
엄마와 아빠는 항상 우리 편이죠.

"엄마, 아빠 사랑해요."
사랑은 받기만 하는 게 아니에요. 사랑은 주는 것이랍니다.
엄마 아빠에게 매일매일 사랑을 표현해 주세요.

따듯한 손길을 내밀 거야

손수레를 끌고 힘겹게 언덕을 올라가는 할아버지가 있었어요.
그런데 손수레가 조금씩 뒤로 밀리기 시작했어요.
'어…, 큰일이네.'
그때였어요. 어디선가 한 학생이 달려와 손수레를 힘껏 밀어 주었어요.
학생 덕분에 할아버지의 손수레는 아무 탈 없이 언덕을 넘을 수 있었어요.

이 세상은 혼자 살아갈 수 없어요.
내가 힘들 때 누군가의 손길이 필요하기도 하고
누군가가 힘들 땐 내가 도움을 줄 수도 있어요.

"내 손을 잡아요."
고마운 손길과 따듯한 말 한마디가 우리에겐 큰 힘이 된답니다.

꽃의 행복을 지켜줄 거야

한 소녀가 있었어요.
꽃밭에 있는 꽃을 꺾어 꽃병에 꽂았어요.
"가까이서 보니 너무 좋다."
하루가 지나고 이틀이 지나자 꽃들은 점점 시들었어요.
일주일째가 되니 꽃들은 끝내 죽고 말았어요.
햇볕을 받지 못해 그렇게 된 거죠.

가끔씩 마음에 욕심의 씨앗이 자랄 때가 있어요.
나의 욕심으로 인해 다른 이의 행복을 꺾으면 안 돼요.

꽃을 꺾으면 꽃은 모든 걸 다 잃을 수 있어요.
더 이상 나비의 춤도 볼 수 없게 되고
햇볕이 주는 따사로움도 느낄 수 없게 되고
풀벌레의 연주 소리도 듣지 못하게 돼요.

꽃은 조금 떨어진 곳에서 바라볼 때가
가장 예쁘다는 걸 잊지 마세요.

너의 이름을 자주 불러 줄 거야

"엄마. 선생님이 날 자꾸 '다혜'라고 불러."
"그래? 너의 기분이 어땠어?"
"별로였어. 내 이름은 '지수'인데 말이야."

며칠 후, 지수의 얼굴빛이 환해졌어요.
"엄마, 선생님이 오늘은 내 이름을 제대로 불러 줬어."
"그렇구나. 기분이 어땠어?"
"내 이름 '이지수'라고 불러 주니까 기분이 아주 좋았어."

생텍쥐페리의 『어린왕자』에 이런 말이 있어요.
'너의 장미꽃이 그토록 소중한 것은
그 꽃을 위해 네가 공들인 그 시간 때문이야.'

함께 나눈 시간과 관심, 그 과정은 서로에게 꽃이 되는 순간이죠.

친구의 이름을 기억해 주고 많이 불러 주세요.

꽃이 된 둘, 서로의 향기가 퍼져
더 진하고 아름다운 사이가 될 거예요.

미안하다고 말할 거야

아름다운 강아지의 꽃밭이 완전히 망가졌어요.
강아지는 토끼가 꽃밭을 망쳤다고 생각했어요.
"토끼, 너 때문에 꽃밭이 엉망이 됐잖아! 너 정말 미워!"
"난 그런 적 없어."
"거짓말하지 마!"
둘 사이가 얼음처럼 차가워졌어요.

며칠 후, 강아지는 꽃밭을 망친 게
토끼가 아니라 여우였다는 사실을 알게 되었어요.
'이 일을 어쩌지? 사과해야 하는데…'
강아지는 토끼를 볼 용기가 나지 않았어요.

그렇게 하루가 지나갔어요.
'토끼에게 사과해야 하는데…'
강아지는 사과하는 걸 하루 이틀 미루다가
끝내 토끼에게 사과하지 못했어요.
결국 둘은 영영 멀어지고 말았어요.

내가 잘못을 했다는 생각이 들 때
그것을 인정하고 바로 사과하는 게 좋아요.
사과가 늦어지면 서로의 오해와 상처가 더 깊어지기 때문이죠.

이런저런 핑계나 변명을 나열하지 말고
진심을 담아 용기 있게 사과해 보세요.
그러면 분명 흔들렸던 우정도 딱풀을 붙인 것처럼 더더욱 견고해질 거예요.

좀 쉬었다 갈 거야

고속도로를 달리다 보면 중간에 '휴게소'라는 곳이 있어요.
그곳에서 잠시 쉬기도 하고 맛있는 음식도 먹을 수 있죠.

휴식은 결코 시간 낭비가 아니죠.
오히려 휴식을 통해 우리는 더 오랫동안,
더 멀리 갈 수 있는 에너지를 충전하게 됩니다.

우리의 삶에서도 가끔은 멈춰서 주변을 둘러보고
몸과 마음에 휴식을 주는 것이 필요하답니다.

사막에서 만나는 오아시스처럼요.

나부터 먼저 웃을 거야

어른부터 아이까지 모두 웃지 않는 조용한 마을이 있었어요.
마을 사람들은 함께 모여서 잃어버린 웃음을 찾아보기로 했어요.
"유머 감각이 뛰어난 사람을 초대해 보면 어떨까요?"
"우리가 함께 재미있는 영화를 보면 웃음이 생길지도 몰라요."
서로 의견을 나누는 도중에 한 꼬마가 갑자기 크게 웃기 시작했어요.
"하하하!"
아이의 웃음소리를 듣고 있던 한 사람이 따라 웃더니
이내 다른 사람들도 다 웃기 시작했어요.
결국엔 마을 사람들 모두가 즐겁게 웃게 되었죠

웃음은 마법처럼 널리 퍼지는 힘이 있어요.
행복해서 웃는 게 아니라 웃어서 행복하답니다.
웃을 이유가 없더라도 자주 소리 내어 웃어 보세요.
그럼 아주 좋은 일이 생길 거예요.

행복과 성공은 웃는 사람에게로 찾아오거든요.

너무 욕심내지 않을 거야

배고픈 다람쥐가 나무 아래에 있는 도토리를 찾아냈어요.
"어머, 저기에 도토리가 있다!"
하나, 둘, 셋, 넷, 다섯 개까지 먹었어요.
배가 불렀어요.
하지만 다람쥐는 더 먹기 위해 도토리를 찾았어요.
"땅을 파자."
나무의 뿌리가 드러났음에도
다람쥐는 여전히 도토리를 찾아 계속 땅을 팠어요.
그러다가 나무가 흔들리기 시작했어요.
결국 그 나무는 쓰러지며 다람쥐를 덮쳤어요.
다람쥐는 크게 다치고 말았죠.

더 많은 것을 원하다 보면 이미 가진 것조차 다 잃을 때가 있어요.
욕심은 위태롭게 외줄에 서 있는 것과 같아요.
언젠가는 떨어지고 말죠.

만족은 행복을 낳고, 욕심은 불행을 낳는다는 걸 잊지 마세요.

마음을 함께 나눌 거야

소풍 가면 뭐가 가장 생각나나요?
아마도 오순도순 모여서 김밥을 먹는 일이겠죠.

소풍 가는 날, 한 아이는 마음이 무거웠어요.
아이는 김밥을 준비하지 못했어요.

점심시간이 되었어요.
친구들은 가방에서 김밥을 꺼내 맛있게 먹기 시작했어요.
아이는 구석진 곳에 앉아 고개를 숙이고 있었어요.
그런데 한 친구가 다가와 김밥을 내밀었어요.
"이거 먹어 봐."
이어서 다른 친구도 차례대로 다가와 김밥을 내밀었어요.
"이게 더 맛있어. 이거 먹어."
순식간에 아이는 김밥 부자가 되었어요.

한 송이의 꽃도 아름답지만
여러 송이의 꽃들이 함께 피면 훨씬 더 아름다워요.
꽃들이 모인 꽃밭에는
나비도 날아오고 벌도 찾아와 꽃의 꿀을 마시고
새들도 날아와 노래를 부르지요.

혼자가 아니라 여럿이 모여서 마음을 나눈다면
그곳에는 정말 아름다운 향기가 피어나요.

귀를 기울일 거야

어느 마을에 '귀 기울이는 꽃'이라는 아주 특별한 꽃이 있었어요.
이 꽃은 다른 꽃들과는 달리 커다란 귀를 가지고 있어
사람들의 이야기를 잘 들어주었죠.
마을 사람들은 자신의 마음속 깊은 이야기를
꽃에게 털어놓으며,
"정말 고마워. 내 이야기를 들어줘서."라고
고마움을 표했어요.

어느 날, 세찬 비바람이 몰아쳐 그 귀한 꽃이 죽고 말았어요.

꽃이 사라진 후,

마을 사람들은 자신의 이야기를 들어줄 존재가 없어져

마음이 답답하고 힘들어졌어요.

그런데 해결책은 그리 어렵지 않았어요.

귀 기울이는 꽃이 사라진 후,

마을 사람들은 서로에게 마음을 열기 시작했어요.

상대방의 이야기에 귀 기울이면서 서로를 이해하고 공감하게 되었죠.

이렇게 서로의 이야기를 나누며

마을 사람들은 예전보다 훨씬 더 가까워졌답니다.

나를 조금 더 낮출 거야

숲에 키 큰 나무 한 그루와 키 작은 나무들이 여럿 있었어요.
키 큰 나무는 작은 나무들을 내려다보며 말했어요.
"나는 너희들이랑은 달라. 난 아주 특별하고 중요해."
키 큰 나무는 어깨를 으스대며 잘난 척을 했어요.
작은 나무들이 함께 놀자며 손을 내밀어도 이를 뿌리쳤지요.
"까불지 말고 꺼져. 이 콩만 한 것들아!"

어느 날, 강력한 폭풍이 불어왔어요.
폭풍은 키 큰 나무의 옆구리를 강하게 때렸어요.
키 큰 나무의 가지가 부러지고 말았죠.
그때, 작은 나무들이 키 큰 나무에게 다가와 말했어요.
"우리가 널 도울게. 우리 모두 함께하면 폭풍우를 이길 수 있을 거야."
작은 나무들은 각자의 몸과 나무 열매로
키 큰 나무를 지지하고 서로를 지탱하며 버텨 냈어요.
"조금만 힘내! 우린 할 수 있어."

마침내 폭풍은 잠잠해졌어요.

키 큰 나무는 작은 나무들에게 연신 고개를 숙이며 말했어요.

"고마워, 친구들아. 너희 덕분에 내가 살았어."

내 능력이 아무리 뛰어나다 해도

잘난 척하거나 남을 무시하면 안 돼요.

'벼는 익을수록 고개를 숙인다.'라는 말처럼

오히려 몸을 낮추고 겸손한 태도를 보여야 해요.